IN RILKES BLUMEN-GARTEN

Gedichte

Jan Thorbecke Verlag

INHALT

DU MEINE HEILIGE EINSAMKEIT …

Du meine heilige Einsamkeit,
du bist so reich und rein und weit
wie ein erwachender Garten.
Meine heilige Einsamkeit du –
halte die goldenen Türen zu,
vor denen die Wünsche warten.

DIE NACHT IM SILBER-FUNKENKLEID

Die Nacht im Silberfunkenkleid
streut Träume eine Handvoll,
die füllen mir mit Trunkenheit
die tiefe Seele randvoll.

Wie Kinder eine Weihnacht sehn
voll Glanz und goldnen Nüssen, –
seh ich dich durch die Mainacht gehn
und alle Blumen küssen.

WENN WIE EIN LEISES FLÜGELBREITEN …

Wenn wie ein leises Flügelbreiten
sich in den späten Lüften wiegt, –
– ich möchte immer weiter schreiten
bis in das Tal, wo tiefgeschmiegt
an abendrote Einsamkeiten
die Sehnsucht wie ein Garten liegt.

Vielleicht darf ich dich dorten finden,
und zage wird dein erstes Mühn
die wehen Wünsche mir verbinden,
du wirst mich führen tief ins Grün –
und heimlich werden weiße Winden
an meinem staubigen Stabe blühn.

UND WIE MAG DIE LIEBE DIR KOMMEN SEIN?

Und wie mag die Liebe dir kommen sein?
Kam sie wie ein Sonnen, ein Blütenschnein,
kam sie wie ein Beten? – Erzähle:

Ein Glück löste leuchtend aus Himmeln sich los
und hing mit gefalteten Schwingen groß
an meiner blühenden Seele ...

ES IST LANG, — ES IST LANG ...

Es ist lang, – es ist lang ...
wann – weiß ich gar nimmer zu sagen ...
eine Glocke klang, eine Lerche sang –
und ein Herz hat so selig geschlagen.
Der Himmel so blank überm Jungwaldhang,
der Flieder hat Blüten getragen, –
und im Sonntagskleide ein Mädchen, schlank,
das Auge voll staunender Fragen ...
Es ist lang, – es ist lang ...

SCHON STARB DER TAG. DER WALD WAR ZAUBERHAFT …

Schon starb der Tag. Der Wald war zauberhaft,
und unter Farren bluteten Zyklamen,
die hohen Tannen glühten, Schaft bei Schaft,
es war ein Wind, – und schwere Düfte kamen.
Du warst von unserm weiten Weg erschlafft,
ich sagte leise deinen süßen Namen:
Da bohrte sich mit wonnewilder Kraft
aus deines Herzens weißem Liliensamen
die Feuerlilie der Leidenschaft.

Rot war der Abend – und dein Mund so rot,
wie meine Lippen sehnsuchtheiß ihn fanden,
und jene Flammen, die uns jäh durchloht,
sie leckten an den neidischen Gewanden …
Der Wald war stille, und der Tag war tot.
Uns aber war der Heiland auferstanden,
und mit dem Tage starben Neid und Not.
Der Mond kam groß an unsern Hügeln landen,
und leise stieg das Glück aus weißem Boot.

DU MUSST DAS LEBEN NICHT VERSTEHEN …

Du musst das Leben nicht verstehen,
dann wird es werden wie ein Fest.
Und lass dir jeden Tag geschehen
so wie ein Kind im Weitergehen
von jedem Wehen
sich viele Blüten schenken lässt.

Sie aufzusammeln und zu sparen,
das kommt dem Kind nicht in den Sinn.
Es löst sie leise aus den Haaren,
drin sie so gern gefangen waren,
und hält den lieben jungen Jahren
nach neuen seine Hände hin.

EIN HÄNDE-INEINANDERLEGEN …

Ein Händeineinanderlegen,
ein langer Kuss auf kühlen Mund,
und dann: auf schimmerweißen Wegen
durchwandern wir den Wiesengrund.

Durch leisen, weißen Blütenregen
schickt uns der Tag den ersten Kuss, –
mir ist: wir wandeln Gott entgegen,
der durchs Gebreite kommen muss.

PERSISCHES HELIOTROP

Es könnte sein, dass dir der Rose Lob
zu laut erscheint für deine Freundin: Nimm
das schön gestickte Kraut und überstimm
mit dringend flüsterndem Heliotrop

den Bülbül, der an ihren Lieblingsplätzen
sie schreiend preist und sie nicht kennt.
Denn sieh: wie süße Worte nachts in Sätzen
beisammenstehn ganz dicht,
durch nichts getrennt,
aus der Vokale wachem Violett
hindüftend durch das stille Himmelbett – :

so schließen sich vor dem gesteppten Laube
deutliche Sterne zu der seidnen Traube
und mischen, dass sie fast davon verschwimmt,
die Stille mit Vanille und mit Zimt.

DEIN GARTEN WOLLT ICH SEIN ZUERST …

Dein Garten wollt ich sein zuerst
und Ranken haben und Rabatten
und deine Schönheit überschatten,
damit du mit dem muttermatten
Lächeln gern mir wiederkehrst.

Da aber – als du kamst und gingst,
ist etwas mit dir eingetreten:
das ruft mich zu den roten Beeten,
wenn du mir aus den weißen winkst.

WIE, JEGLICHES GEFÜHL VERTIEFEND …

Wie, jegliches Gefühl vertiefend,
ein süßer Drang die Brust bewegt,
wenn sich die Mainacht, sternetriefend,
auf mäuschenstille Plätze legt –

Da schleichst du hin auf sachter Sohle
und schwärmst zum blanken Blau hinauf,
und groß wie eine Nachtviole
geht dir die dunkle Seele auf …

LEHNEN IM ABENDGARTEN BEIDE …

Lehnen im Abendgarten beide,
lauschen lange nach irgendwo.
„Du hast Hände wie weiße Seide …"
Und da staunt sie: „Du sagst das so …"

Etwas ist in den Garten getreten,
und das Gitter hat nicht geknarrt,
und die Rosen in allen Beeten
beben vor seiner Gegenwart.

ANKUNFT

In einer Rose steht dein Bett, Geliebte.
Dich selber (oh ich Schwimmer
wider die Strömung des Dufts)
hab ich verloren. So wie dem Leben zuvor
diese (von außen nicht meßbar)
dreimal drei Monate sind,
so, nach innen geschlagen,
werd ich erst sein. Auf einmal,
zwei Jahrtausende vor jenem neuen Geschöpf,
das wir genießen, wenn die Berührung beginnt,
plötzlich: gegen dir über,
werd ich im Auge geboren.

ICH WILL MIR VON DEN GÄRTNERN VIELE BLUMEN HERSAGEN LASSEN …

… Ich will mir von den Gärtnern viele Blumen hersagen lassen, dass ich in den Scherben der schönen Eigennamen einen Rest herüberbringe von den hundert Düften. …

WIR WOLLEN, WENN ES WIEDER MONDNACHT WIRD …

Wir wollen, wenn es wieder Mondnacht wird,
die Traurigkeit zu großer Stadt vergessen
und hingehn und uns an das Gitter pressen,
das uns von dem versagten Garten trennt.

Wer kennt ihn jetzt, der ihn am Tage traf:
mit Kindern, lichten Kleidern, Sommerhüten, –
wer kennt ihn so: allein mit seinen Blüten,
die Teiche offen, liegend ohne Schlaf.

Figuren, welche stumm im Dunkel stehn,
scheinen sich leise aufzurichten,
und steinerner und stiller sind die lichten
Gestalten an dem Eingang der Alleen.

Die Wege liegen gleich entwirrten Strähnen
nebeneinander, ruhig, eines Zieles.
Der Mond ist zu den Wiesen unterwegs;
den Blumen fließt der Duft herab wie Tränen.
Über den heimgefallenen Fontänen
stehn noch die kühlen Spuren ihres Spieles
in nächtiger Luft.

ERSTE ROSEN ERWACHEN …

Erste Rosen erwachen,
und ihr Duften ist zag
wie ein leisleises Lachen;
flüchtig mit schwalbenflachen
Flügeln streift es den Tag;

und wohin du langst,
da ist alles noch Angst.

Jeder Schimmer ist scheu,
und kein Klang ist noch zahm,
und die Nacht ist zu neu,
und die Schönheit ist Scham.

WIR LÄCHELN LEIS IM ABENDWIND …

Wir lächeln leis im Abendwind,
wenn sich die Blumen schwankend küssen
und wenn die Vögel müde sind.
Weil wir nicht mit der Sonne müssen,
die breit auf flachen Abendflüssen
aus unsern Wiesentalen rinnt.

Wir bleiben, und wir sehn die Nacht
aufwachsen, weit und Wunder werden,
sehn Berge, Bilder und Gebärden
viel größer als wir je gedacht.
Sehn, was die Blüten nicht ertrügen,
was Vögel erst nach langen Flügen
erreichen würden, stellt sich nah
und was am Morgen schon erstarrt
in Stille ist und Gegenwart,
wir kannten es, als es geschah …

HAST DU DENN GANZ DIE ROSEN AUSEMPFUNDEN …

… Hast du denn ganz die Rosen ausempfunden
vergangnen Sommers? Fühle, überlege:
das Ausgeruhte reiner Morgenstunden,
den leichten Gang in spinnverwebte Wege?
Stürze in dich nieder, rüttle, errege
die liebe Lust: sie ist in dich verschwunden.
Und wenn du eins gewahrst, das dir entgangen,
sei froh, es ganz von vorne anzufangen. …

SIEHE DIE BLUMEN, DIESE DEM IRDISCHEN TREUEN …

Siehe die Blumen, diese dem Irdischen treuen,
denen wir Schicksal vom Rande des Schicksals leihn, –
– aber wer weiß es! Wenn sie ihr Welken bereuen,
ist es an uns, ihre Reue zu sein.

Alles will schweben. Da gehn wir umher wie Beschwerer,
legen auf alles uns selbst, vom Gewichte entzückt;
o was sind wir den Dingen für zehrende Lehrer,
weil ihnen ewige Kindheit glückt.

Nähme sie einer ins innige Schlafen und schliefe
tief mit den Dingen –: o wie käme er leicht,
anders zum anderen Tag, aus der gemeinsamen Tiefe.

Oder er bliebe vielleicht; und sie blühten und priesen
ihn, den Bekehrten, der nun den Ihrigen gleicht,
allen den stillen Geschwistern im Winde der Wiesen.

WEISS DIE NATUR NOCH DEN RUCK …

Weiß die Natur noch den Ruck,
da sich ein Teil der Geschöpfe
abriss vom stetigen Stand?
Blumen, geduldig genug,
hoben nur horchend die Köpfe,
blieben im Boden gebannt.

Weil sie verzichteten auf
Gang und gewillte Bewegung,
stehn sie so reich und so rein.
Ihren tiefinneren Lauf,
voll von entzückter Erregung,
holt kein Jagender ein.

Innere Wege zu tun
an der gebotenen Stelle,
ist es nicht menschliches Los?
Anderes drängt den Taifun,
anderes wächst mit der Welle, –
Uns sei Blume-sein groß.

IN EINEM FREMDEN PARK
Borgeby-Gård

Zwei Wege sinds. Sie führen keinen hin.
Doch manchmal, in Gedanken, lässt der eine
dich weitergehn. Es ist, als gingst du fehl;
aber auf einmal bist du im Rondel
alleingelassen wieder mit dem Steine
und wieder auf ihm lesend: Freiherrin
Brite Sophie – und wieder mit dem Finger
abfühlend die zerfallne Jahreszahl –.
Warum wird dieses Finden nicht geringer?

Was zögerst du ganz wie zum ersten Mal
erwartungsvoll auf diesem Ulmenplatz,
der feucht und dunkel ist und niebetreten?

Und was verlockt dich für ein Gegensatz,
etwas zu suchen in den sonnigen Beeten,
als wärs der Name eines Rosenstocks?

Was stehst du oft? Was hören deine Ohren?
Und warum siehst du schließlich, wie verloren,
die Falter flimmern um den hohen Phlox.

DEN TEICHEN UND DEN EINGERAHMTEN WEIHERN …

Den Teichen und den eingerahmten Weihern
verheimlicht man noch immer das Verhör
der Könige. Sie warten unter Schleiern,
und jeden Augenblick kann Monseigneur

vorüberkommen; und dann wollen sie
des Königs Laune oder Trauer mildern
und von den Marmorrändern wieder die
Teppiche mit alten Spiegelbildern

hinunterhängen, wie um einen Platz:
auf grünem Grund, mit Silber, Rosa, Grau,
gewährtem Weiß und leicht gerührtem Blau
und einem Könige und einer Frau
und Blumen in dem wellenden Besatz.

LEISE HÖR ICH DICH RUFEN …

Leise hör ich dich rufen
in jedem Flüstern und Wehn.
Auf lauter weißen Stufen,
die meine Wünsche sich schufen,
hör ich dein Zu-mir-gehn.

Jetzt weißt du von dem Gefährten,
und dass er dich liebt … das macht:
es blühen in seinen Gärten
die lang vom Licht gekehrten
Blüten, blühn über Nacht …

UND DOCH DU WEISST …

… Und doch Du weißt: wir können also so
am Abend zugehn wie die Anemonen,
die Tiefe eines Tages in sich schließend,
und, etwas größer, morgens wieder aufgehn.
Und das zu tun ist uns nicht nur erlaubt,
das ist es, was wir sollen: *zugehn lernen*
über Unendlichem. …

BLAUE HORTENSIE

So wie das letzte Grün in Farbentiegeln
sind diese Blätter, trocken, stumpf und rau,
hinter den Blütendolden, die ein Blau
nicht auf sich tragen, nur von ferne spiegeln.

Sie spiegeln es verweint und ungenau,
als wollten sie es wiederum verlieren,
und wie in alten blauen Briefpapieren
ist Gelb in ihnen, Violett und Grau;

Verwaschnes wie an einer Kinderschürze,
Nichtmehrgetragnes, dem nichts mehr geschieht:
wie fühlt man eines kleinen Lebens Kürze.

Doch plötzlich scheint das Blau sich zu verneuen
in einer von den Dolden, und man sieht
ein rührend Blaues sich vor Grünem freuen.

ROSA HORTENSIE

Wer nahm das Rosa an? Wer wusste auch,
dass es sich sammelte in diesen Dolden?
Wie Dinge unter Gold, die sich entgolden,
entröten sie sich sanft, wie im Gebrauch.

Dass sie für solches Rosa nichts verlangen.
Bleibt es für sie und lächelt aus der Luft?
Sind Engel da, es zärtlich zu empfangen,
wenn es vergeht, großmütig wie ein Duft?

Oder vielleicht auch geben sie es preis,
damit es nie erführe vom Verblühn.
Doch unter diesem Rosa hat ein Grün
gehorcht, das jetzt verwelkt und alles weiß.

EINMAL MÖCHT ICH DICH WIEDERSCHAUEN …

Einmal möcht ich dich wiederschauen,
Park, mit den alten Lindenalleen,
und mit der leisesten aller Frauen
zu dem heiligen Weiher gehn.

Schimmernde Schwäne in prahlenden Posen
gleiten leise auf glänzendem Glatt,
aus der Tiefe tauchen die Rosen
wie Sagen einer versunkenen Stadt.

Und wir sind ganz allein im Garten,
drin die Blumen wie Kinder stehn,
und wir lächeln und lauschen und warten,
und wir fragen uns nicht, auf wen …

DAS SIND DIE GÄRTEN, AN DIE ICH GLAUBE …

Das sind die Gärten, an die ich glaube:
Wenn das Blühn in den Beeten bleicht,
und im Kies unterm löschenden Laube
Schweigen hinrinnt, durch Linden geseigt.

Auf dem Teich aus den glänzenden Ringen
schwimmt ein Schwan dann von Rand zu Rand.
Und er wird auf den schimmernden Schwingen
als erster Milde des Mondes bringen
an den nicht mehr deutlichen Strand.

SINGE DIE GÄRTEN, MEIN HERZ …

Singe die Gärten, mein Herz,
die du nicht kennst; wie in Glas
eingegossene Gärten, klar, unerreichbar.
Wasser und Rosen von Ispahan oder Schiras,
singe sie selig, preise sie, keinem vergleichbar.

Zeige, mein Herz, dass du sie niemals entbehrst.
Dass sie dich meinen, ihre reifenden Feigen.
Dass du mit ihren, zwischen den blühenden Zweigen
wie zum Gesicht gesteigerten Lüften verkehrst.

Meide den Irrtum, dass es Entbehrungen gebe
für den geschehnen Entschluss, diesen: zu sein!
Seidener Faden, kamst du hinein ins Gewebe.

Welchem der Bilder du auch im Innern geeint bist
(sei es selbst ein Moment aus dem Leben der Pein),
fühl, dass der ganze,
der rühmliche Teppich gemeint ist.

ICH GEH JETZT IMMER DEN GLEICHEN PFAD ...

Ich geh jetzt immer den gleichen Pfad:
am Garten entlang, wo die Rosen grad
einem sich vorbereiten;
aber ich fühle: noch lang, noch lang
ist das alles nicht mein Empfang,
und ich muss ohne Dank und Klang
ihnen vorüberschreiten.

Ich bin nur der, der den Zug beginnt,
dem die Gaben nicht galten;
bis die kommen, die seliger sind,
lichte, stille Gestalten, –
werden sich alle Rosen im Wind
wie rote Fahnen entfalten.

WILL DIR DEN FRÜHLING ZEIGEN …

Will Dir den Frühling zeigen
der hundert Wunder hat.
Der Frühling ist waldeigen
und kommt nicht in die Stadt.

Nur die weit aus den kalten
Gassen zu Zweien gehn
und sich bei den Händen halten –
dürfen ihn einmal sehn.

ICH MÖCHTE DRAUSSEN DIR BEGEGNEN …

Ich möchte draußen dir begegnen,
wenn Mai auf Wunder Wunder häuft,
und wenn ein leises Seelensegnen
von allen Zweigen niederträuft.

Wenn bis zum Wegkreuz auf, zum schlanken,
Jasmin die weißen Arme streckt
und lind den ewgen Wehgedanken
der Stirne Christi überdeckt.

DAMIT ICH GLÜCKLICH WÄRE –

Das müsste sein von jenen blanken
Lenztagen einer, da die Kranken
man vor die dunklen Türen bringt.
Im Flieder ist ein Spatzenzanken,
weil keinem rechter Sang gelingt.
Der Bach, dem alle Bande sanken,
weiß nicht, was tun vor Glück und springt
bis aufwärts zu den Bretterplanken,
dahinter Beete, kiesumringt,
und Blumenblühn und Birkenschwanken.
Und vor dem Häuschen, goldbezinkt,
um das der Frühling seine Ranken
wie liebeleise Arme schlingt, –
ein blondes Kind, das in Gedanken
das schönste meiner Lieder singt.

DIE BLUME SEIN, DIE SICH VOM STETEN STOSSE …

Die Blume sein, die sich vom steten Stoße
des arglos raschen Bachs erschüttert fühlt,
der sie nicht meint, wenn seine übergroße
zerstreute Eile an ihr wühlt …

Nicht anders, ach, ist unser Hingestelltsein
an der Gefühle stürzendes Gebraus;
meinen sie uns denn? … Doch das In-der-Welt-sein
gleicht diesen Überfluss an Zufall aus.

KANNST DU DIE ALTEN LIEDER NOCH SPIELEN?

Kannst du die alten Lieder noch spielen?
Spiele, Liebling. Sie wehn durch mein Weh
wie die Schiffe mit silbernen Kielen,
die nach heimlichen Inselzielen
treiben im leisen Abendsee.

Und sie landen am Blütengestade,
und der Frühling ist dort so jung.
Und da findet an einsamem Pfade
vergessene Götter in wartender Gnade
meine müde Erinnerung.

GEHST DU AUSSEN DIE MAUERN ENTLANG …

Gehst du außen die Mauern entlang,
kannst du die vielen Rosen nicht schauen
in dem fremden Gartengang;
aber in deinem tiefen Vertrauen
darfst du sie fühlen wie nahende Frauen.

Sicher schreiten sie zwei zu zwein,
und sie halten sich um die Hüften, –
und die roten singen allein;
und dann fallen mit ihren Düften
leise, leise die weißen ein …

ICH WILL NICHT LANGEN NACH DEM LAUTEN LEBEN ...

Ich will nicht langen nach dem lauten Leben
und keinen fragen nach dem fremden Tage:
Ich fühle, wie ich weiße Blüten trage,
die in der Kühle ihre Kelche heben.

Es drängen Viele aus den Frühlingserden,
darinnen ihre Wurzeln Tiefen trinken,
um nicht mehr könnend in die Knie zu sinken
vor Sommern, die sie niemals segnen werden.

ALS DU MICH EINST GEFUNDEN HAST …

Als du mich einst gefunden hast,
da war ich klein, so klein,
und blühte wie ein Lindenast
nur still in dich hinein.

Vor Kleinheit war ich namenlos
und sehnte mich so hin,
bis du mir sagst, dass ich zu groß
für jeden Namen bin:

Da fühl ich, dass ich eines bin
mit Mythe, Mai und Meer,
und wie der Duft des Weines bin
ich deiner Seele schwer …

ICH SEHE DICH, ROSE …

Ich sehe dich, Rose, halbgeöffnetes Buch,
Es enthält Seiten genug,
Das Glück zu beschreiben,
Und niemand wird sie entziffern. Zauber-Buch
Öffnet sich dem Wind und dem, der es versucht
Mit geschlossenen Augen zu lesen …
Und Schmetterlingen, die verwirrt entgleiten,
Weil sie schon Gedanken mit ihm teilten.

VERLAGSGRUPPE PATMOS

PATMOS
ESCHBACH
GRÜNEWALD
THORBECKE
SCHWABEN
VER SACRUM

Die Verlagsgruppe
mit Sinn für das Leben

Klimaneutral
Druckprodukt
ClimatePartner.com/14549-2003-1001

Für die Verlagsgruppe Patmos ist Nachhaltigkeit ein wichtiger Maßstab ihres Handelns. Wir achten daher auf den Einsatz umweltschonender Ressourcen und Materialien.

Verlagsgruppe Patmos
in der Schwabenverlag AG,
Ostfildern
www.thorbecke.de

Gestaltung: Finken & Bumiller,
Stuttgart
Druck: Firmengruppe APPL,
aprinta druck, Wemding
Hergestellt in Deutschland
ISBN 978-3-7995-1492-7

Textnachweis:
Die Gedichte und Gedichtpassagen sind den folgenden Gedichtsammlungen und -zyklen von Rainer Maria Rilke entnommen:
Advent: Seite 4, 7, 16, 22, 46, 52, 53, 54, 57;
Traumgekrönt: Seite 6, 8, 10, 12, 20;
Mir zur Feier: Seite 15, 19, 26, 27, 47, 50, 58, 60, 61;
Der neuen Gedichte anderer Teil: Seite 18, 36, 45;
Gedichte 1906–1926: Seite 23, 30 (aus: Winterliche Stanzen), 33 (Geschrieben für Frau Helene Burckhardt), 40 (aus: Migliera), 56 (Für Frau Lisa Heise);
Requiem: Seite 24;
Dir zur Feier: Seite 29, 37;
Die Sonette an Orpheus: Seite 32, 49;
Neue Gedichte: Seite 34, 42;
Les Roses: Seite 62.

Bildnachweis:
mauritius images/Peter Atkinson/Alamy: 5; mauritius images/Alan Mather/Alamy: 9; mauritius images/Nadja Jacke: 11, 14; shutterstock/Erekle Kiparoidze: 13; mauritius images/Filmfoto/Alamy: 17; mauritius images/Collpicto/Alamy: 21; mauritius images/Günter Gräfenhain: 25; mauritius images/Jean Schwarz: 28; mauritius images/Helmut Meyer zur Capellen/imageBROKER: 31; mauritius images/Tibesty/Alamy: 35; mauritius images/Hemis.fr/ESCUDERO Patrick: 38/39, 48; mauritius images/Petra Daisenberger: 41; mauritius images/Klaus Scholz; 43; mauritius images/nature picture library/Ernie Janes: 44; mauritius images/Alamy RF/Organics image library: 51; mauritius images/Martha Feustel: 55; mauritius images/Ellen Rooney/Alamy: 59; mauritius images / Jacqueline Godfrey / Stockimo / Alamy: 63.
Wir danken den Rechteinhabern für die freundliche Genehmigung zum Abdruck.